RATUS POCHE

COLLECTION DIRIGÉE PAR JEANINE ET JEAN GUION

Attaque dans l'espace

Achille, le robot de l'espace

- Les monstres de l'espace
- Attaque dans l'espace
- Les pirates de l'espace
- Les pièges de la cité fantôme

 ISSN 1259 4652, ISBN 2-218 74531-3

Attaque dans l'espace

Une histoire de Max Heigy
illustrée par Philippe Diemunsch

HATIER

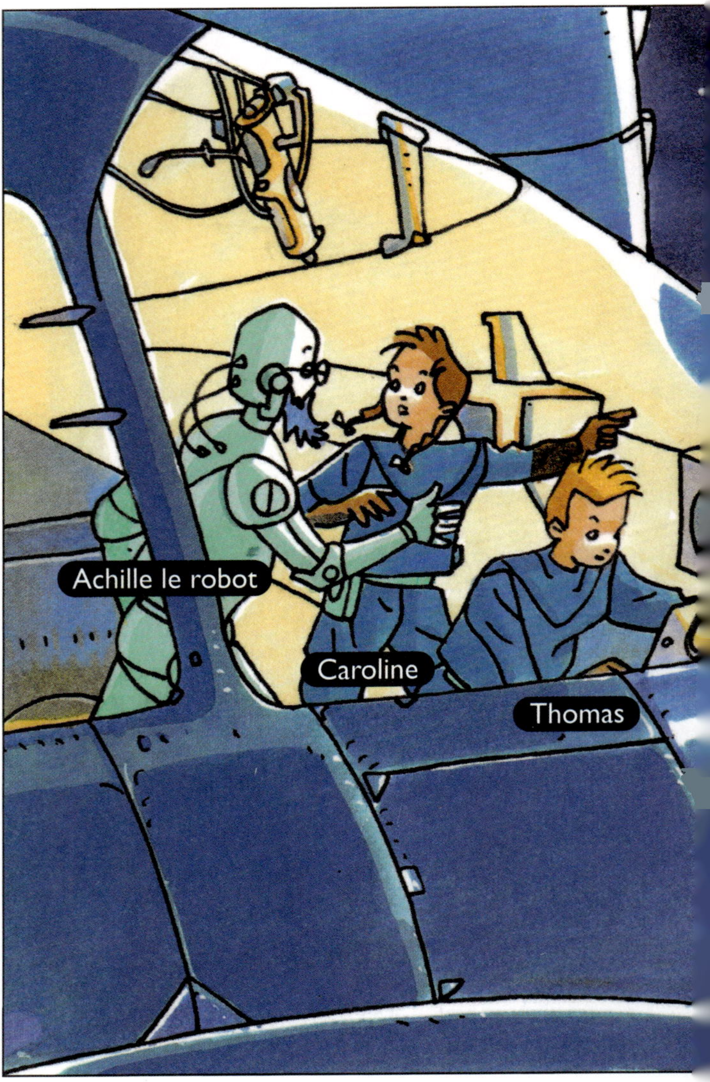

Il était une fois, très loin dans l'espace, un vaisseau piloté par un robot. Il emmenait deux enfants à la recherche de leurs parents, disparus au cours d'une mission dans l'Univers 7.

Les personnages de l'histoire

Le vaisseau des enfants de 1
l'espace est arrêté au large d'une
petite planète verte.

Dans sa cabine, Thomas joue de
la guitare en fredonnant une 2
chanson. Il pense à ses parents…
Quand les reverra-t-il ? Peut-être
sont-ils sur cette planète ?

Tout à coup, l'alarme retentit. Le 3
garçon saute de sa couchette et 4
court jusqu'au poste de pilotage.

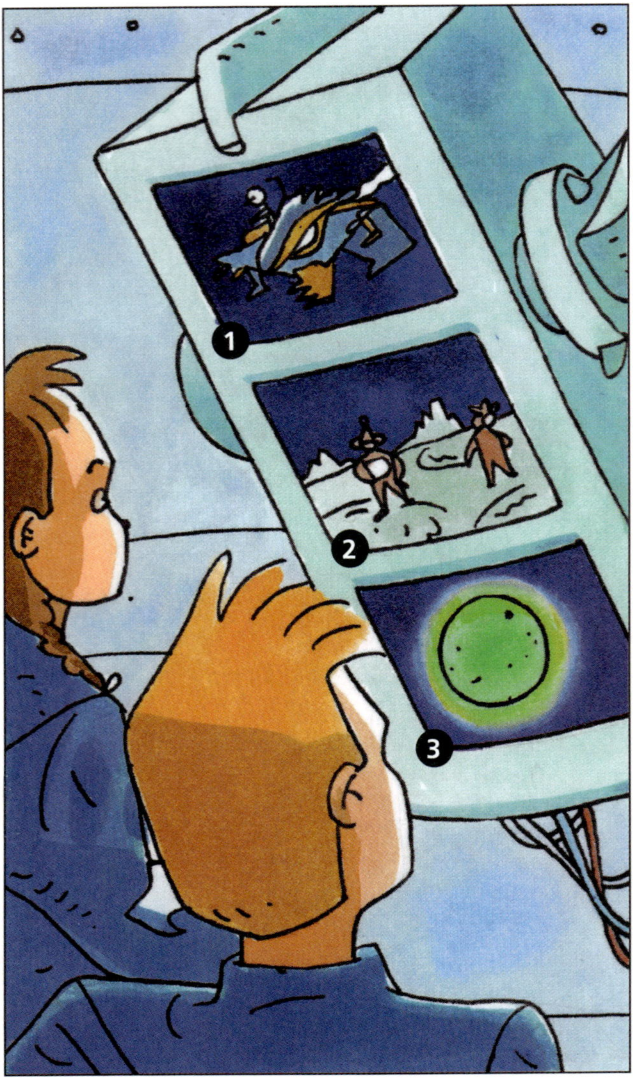

Quel écran correspond à l'histoire ?

Sa sœur et Achille le robot sont devant les écrans de contrôle.

– L’ordinateur a donné l’alarme, dit Caroline. Mais je ne comprends pas pourquoi…

Achille semble inquiet.

– Surveillez les écrans, dit-il aux enfants. Je vais interroger le système de sécurité du vaisseau.

Sur les écrans du poste de pilotage, on voit seulement la planète verte. Tout semble calme.

Qui rend le vaisseau invisible aux radars ?

Tout à coup, Thomas se met à
crier :

– Des soucoupes ! Elles foncent 8
droit sur nous !

Sur un clavier, Achille pianote à 9
toute vitesse des ordres pour
rendre le vaisseau invisible aux
radars. 10

– Vaisseau protégé, annonce
l'ordinateur. Maintenant, l'ennemi 11
ne peut plus nous repérer. 12

Que se passerait-il si une soucoupe touchait le vaisseau ?

Quelques secondes plus tard, la voix de l'ordinateur retentit à nouveau dans la cabine de pilotage :

– Les soucoupes que vous voyez sur les écrans sont utilisées par les habitants de cette planète pour faire fuir les étrangers. Elles sont 13
très dangereuses. Si une soucoupe touche le vaisseau, il explosera…

– Attention, crie Thomas, il y en a deux qui s'approchent de nous !

Que dit l'ordinateur ?

Achille décide d'activer les
boucliers qui servent à protéger le 14
vaisseau des météorites. 15

– J'espère qu'ils vont aussi nous protéger des soucoupes ! dit-il.

C'est alors qu'un clignotant rouge 16
illumine le pupitre de commande.

– Alerte ! annonce l'ordinateur. Les soucoupes vont passer très près du vaisseau. Il faut partir !

– Je crois que les habitants de cette planète nous ont déclaré la guerre, dit Achille.

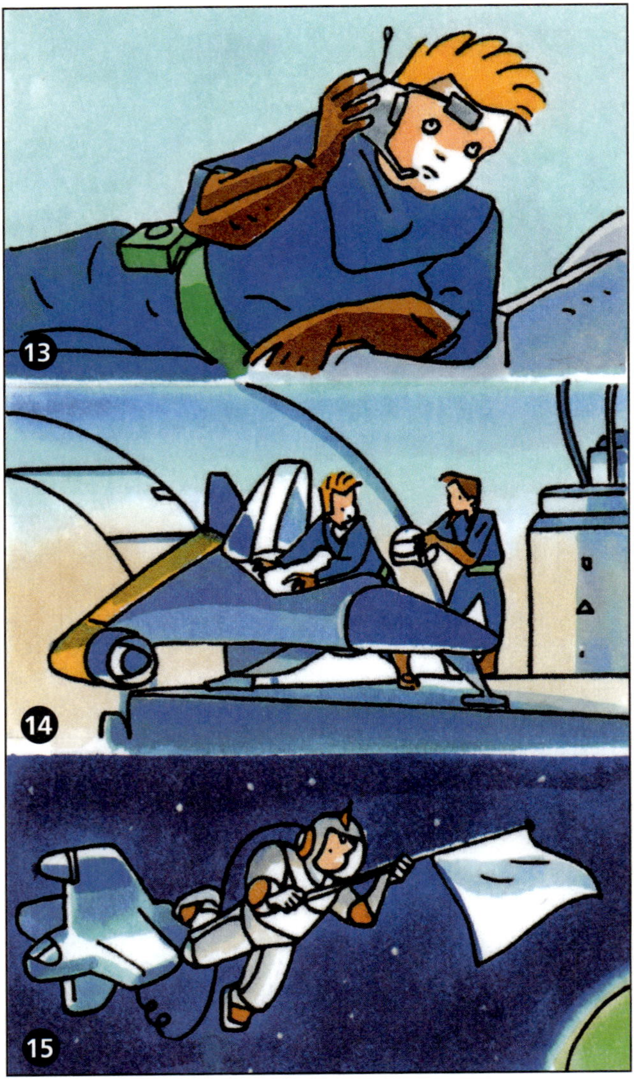

Que veut faire Thomas ?

Les soucoupes passent en frôlant le 17
vaisseau, mais elles ne le touchent pas. Caroline et Thomas regardent le robot. Ils ont peur.

– Je ne comprends pas, dit Thomas. Nous ne faisons rien de mal ! Nous voulons juste savoir si nos parents sont sur cette planète.

– Et nous ne partirons pas sans le savoir, dit Caroline. Ils sont peut-
être prisonniers ! 18

– Je vais aller voir, décide Thomas.
Avec mon mini-spationef, on ne 19
pourra pas me repérer…

Quel message Caroline a-t-elle envoyé ?

Achille n'est pas d'accord.

– Interdit de quitter le vaisseau ! dit-il. C'est trop dangereux !

À ce moment-là, l'ordinateur annonce :

– Le traducteur automatique connaît la langue parlée sur la planète verte. Vous pouvez donc envoyer un message.

– Demandons si nos parents sont ici, dit Caroline.

La réponse revient quelques minutes plus tard.

« Partez tout de suite ! Sinon, on vous réduit en miettes. »

.....

Quel dessin correspond à l'histoire ?

Maintenant, la planète verte est entourée de soucoupes. Elles attendent, immobiles, en position 21
d'attaque.

– J'ai une idée, dit Thomas. Je vais envoyer un autre message.

– Que veux-tu leur dire, cette fois ? demande Caroline.

Thomas ne répond pas. Il se lève et va chercher sa guitare.

Caroline regarde son frère. Qu'a-t-il encore imaginé ?

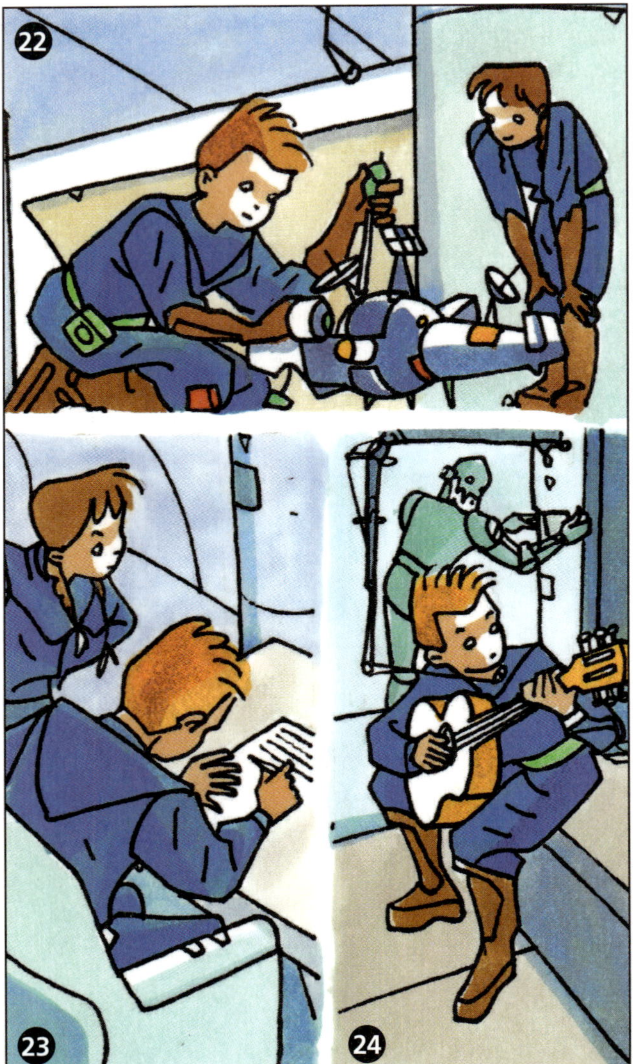

Que fait Thomas dans l'histoire ?

Thomas prépare son message à l'aide du traducteur automatique :

« Bonjour à tous les enfants de la planète verte – Nous ne voulons pas la guerre – Nous sommes deux enfants de la Terre à la recherche de nos parents – Nous sommes malheureux de les avoir perdus – Sont-ils sur votre planète ? »

Puis il prend sa guitare et se met à chanter dans le micro relié
à l'ordinateur. Achille transmet 22
ensuite le message et la chanson.

– Espérons que ça va marcher, cette fois ! dit Caroline.

Qui a répondu au message de Thomas ?

Quand la réponse arrive, elle est aussitôt traduite :

« Salut – Ta chanson est jolie – Vos parents ne sont jamais venus sur notre planète – Vous pouvez partir – Bonne chance de la part de tous les enfants – Rhomby – 9 ans. »

Les soucoupes qui menaçaient le vaisseau ont maintenant toutes disparu.

Caroline sourit à son frère.

– Puisque nos parents ne sont pas là, dit-elle, en route pour une nouvelle planète !

Et le vaisseau démarre…

1
le **vaisseau**
(vè-so)
C'est comme un avion, mais qui va dans l'espace.

2
en **fredonnant**
En chantant à voix basse, la bouche fermée.

3
l'**alarme**
Le signal qui annonce un danger.

4
une **couchette**
C'est un petit lit.

5
inquiet
Achille se fait du souci.

6
surveillez
(sur-vé-ié)
Regardez bien.

7
interroger le système
Poser une question à l'ordinateur pour vérifier.

8
des **soucoupes**
Des machines volantes qui ont la forme d'une assiette.

9
il **pianote**
sur un **clavier**
Il tape sur le clavier
de l'ordinateur.

10
des **radars**
Les radars servent
à voir ce qu'on ne
peut pas voir avec
les yeux.

11
l'**ennemi**
Celui qui veut
faire du mal.

12
repérer
Trouver.

13
faire **fuir**
Faire partir.

14
activer les **boucliers**
Mettre en place
des plaques de
métal pour protéger
le vaisseau.

15
des **météorites**
Des morceaux
de planète qui
se déplacent dans
l'espace.

16
un **clignotant**
Une lumière qui
s'allume et s'éteint
sans arrêt.

17
en **frôlant**
En passant
très près.

18
prisonniers
(pri-zo-nié)

19
un **mini-spationef**
C'est un tout petit
vaisseau de l'espace.

20
le **traducteur**
Machine qui passe
ce qu'on dit dans
une autre langue.

21
immobiles
Les soucoupes
ne bougent pas.

22
il **transmet**
Il envoie
le message.

Les aventures du rat vert

- 1 Le robot de Ratus
- 3 Les champignons de Ratus
- 6 Ratus raconte ses vacances
- 8 Ratus et la télévision
- 15 Ratus se déguise
- 19 Les mensonges de Ratus
- 21 Ratus écrit un livre
- 23 L'anniversaire de Ratus
- 26 Ratus à l'école du cirque
- 29 Ratus et le sapin-cactus
- 36 Ratus et le poisson-fou
- 1 Ratus chez le coiffeur
- 2 Ratus et les lapins
- 9 Ratus aux sports d'hiver
- 13 Ratus pique-nique
- 23 Ratus sur la route des vacances
- 27 La grosse bêtise de Ratus
- 38 Ratus chez les robots
- 41 Ratus à la ferme
- 8 La classe de Ratus en voyage
- 12 Ratus en Afrique
- 16 Ratus et l'étrange maîtresse
- 26 Ratus à l'hôpital
- 29 Ratus et la petite princesse
- 31 Ratus et le sorcier
- 33 Ratus gardien de zoo

Les aventures de Mamie Ratus

- 7 Le cadeau de Mamie Ratus
- 39 Noël chez Mamie Ratus
- 3 Les parapluies de Mamie Ratus
- 8 La visite de Mamie Ratus
- 31 Le secret de Mamie Ratus
- 5 Les fantômes de Mamie Ratus

Ralette, drôle de chipie

- 10 Ralette au feu d'artifice
- 11 Ralette fait des crêpes
- 13 Ralette fait du camping
- 18 Ralette fait du judo
- 22 La cachette de Ralette
- 24 Une surprise pour Ralette
- 28 Le poney de Ralette
- 38 Ralette, reine du carnaval
- 4 Ralette n'a peur de rien
- 6 Mais où est Ralette ?
- 20 Ralette et les tableaux rigolos
- 11 Ralette au bord de la mer
- 34 Ralette et l'os de dinosaure

Collection Ratus Poche

Les histoires de toujours

- 27 Icare, l'homme-oiseau
- 32 Les aventures du chat botté
- 35 Les moutons de Panurge
- 37 Le malin petit tailleur
- 26 Le cheval de Troie
- 32 Arthur et l'enchanteur Merlin
- 36 Gargantua et les cloches de Notre-Dame
- 43 La légende des santons de Provence
- 21 L'extraordinaire voyage d'Ulysse
- 27 Robin des Bois, prince de la forêt
- 36 Les douze travaux d'Hercule

Super-Mamie et la forêt interdite

- 39 Super-Mamie, maîtresse magique
- 42 Au secours, Super-Mamie !
- 37 Le mariage de Super-Mamie
- 39 Super-Mamie s'en va-t-en guerre !

L'école de Mme Bégonia

- 11 Drôle de maîtresse
- 14 Au secours, le maître est fou !
- 16 Le tableau magique
- 25 Un voleur à l'école
- 33 Un chien à l'école

La classe de 6e

- 14 La classe de 6e et les hommes préhistoriques
- 17 La classe de 6e tourne un film
- 24 La classe de 6e au Futuroscope
- 30 La classe de 6e découvre l'Europe
- 35 La classe de 6e et les extraterrestres

Achille, le robot de l'espace

- 31 Les monstres de l'espace
- 33 Attaque dans l'espace
- 34 Les pirates de l'espace
- 19 Les pièges de la cité fantôme

Collection Ratus Poche

Baptiste et Clara

- 30 Baptiste et le requin
- 35 Baptiste et Clara contre le vampire
- 37 Baptiste et Clara contre le fantôme
- 40 Clara et la robe de ses rêves
- 22 Baptiste et Clara contre l'homme masqué
- 32 Baptiste et le complot du cimetière
- 38 Clara superstar

Les enquêtes de Mistouflette

- 9 Mistouflette et le trésor du tilleul
- 30 Mistouflette sauve les poissons
- 34 Mistouflette et les chasseurs
- 5 Mistouflette et les tourterelles en danger
- 24 Mistouflette enquête au pays des oliviers
- 1 Mistouflette contre les voleurs de chiens
- 7 Mistouflette et la plante mystérieuse

Hors séries

- 2 Tico fait du vélo
- 4 Tico aime les flaques d'eau
- 5 Sino et Fanfan au cinéma
- 12 Le bonhomme qui souffle le vent
- 7 Mon copain le monstre
- 19 Le petit dragon qui toussait
- 28 Nina et le vampire
- 2 Les malheurs d'un pâtissier
- 3 Karim et l'oiseau blanc
- 4 Timothée et le dragon chinois
- 6 Le facteur tête en l'air
- 9 Romain, graine de champion
- 10 Le trésor des trois marchands
- 15 Une nuit avec les dinosaures

Conception graphique couverture : Pouty Design
Conception graphique intérieur : Jean Yves Grall • mise en page : Atelier JMH

Imprimé en France par Pollina, 84500 Luçon - n° L90852
Dépôt légal n° 38105 - octobre 2003